DIALOGUES

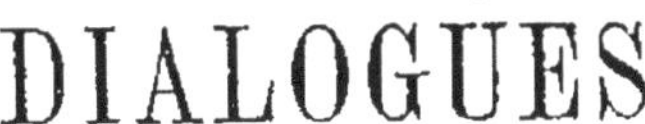

RÉCITS FACÉTIEUX

ET RÉCRÉATIFS

POUR LA DISTRIBUTION DES PRIX DE 1858.

PÉRIGUEUX

J. BOUNET, LIBRAIRE-ÉDITEUR,

Cours Michel-Montaigne.

1858

DIALOGUES

PETITS DISCOURS

RÉCITS FACÉTIEUX

ET RÉCRÉATIFS

POUR LA DISTRIBUTION DES PRIX DE 1858.

PÉRIGUEUX

J. BOUNET, LIBRAIRE-ÉDITEUR,

Cours Michel-Montaigne.

1858

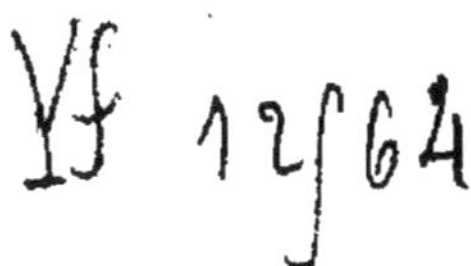

AVIS.

Dans les dialogues et les compliments qui composent
ce petit recueil, nous nous sommes moins attaché au
fond et à la forme qu'aux moyens d'intéresser les personnes qui assistent aux distributions de prix, pour
lesquelles nous les faisons. Tous ces récits sont courts,
parce qu'il faut éviter avec soin d'être prolixe et de
fatiguer l'attention des auditeurs.

Nous citons quelquefois, dans le second dialogue,
des passages du livre de M. Renaudin sur les distributions de prix, parce qu'ils nous ont paru s'adapter par-
faitement à notre sujet.

Comme il était impossible d'approprier ces diverses
compositions à toutes les villes, nous avons dû nous
tenir dans une sorte de généralité.

Il sera facile, au reste, à chaque instituteur de supprimer ce qui lui paraîtrait superflu et d'ajouter ce qu'il croirait utile dans sa localité.

Mais ce qui nous semble le plus important à propos de ces récits, c'est que les élèves qui sont destinés à les faire les sachent imperturbablement, les débitent avec énergie, avec grâce et avec aisance, faisant quelques gestes sans affectation et sans sortir jamais du naturel.

OUVERTURE

DE

LA SÉANCE.

PERSONNAGES.

Eugène.	Gustave.
Auguste.	Emile, jeune enfant.
Clément.	Félix, idem.
Charles.	

EUGÈNE.

Quel beau jour, mes amis, vient de briller à nos yeux !

AUGUSTE.

Oui, c'est un beau jour que celui qui ramène au milieu de nous notre vénérable pontife, notre digne maire, nos pasteurs chéris et tous les généreux protecteurs de notre enfance.

EUGÈNE.

Combien leur présence est flatteuse et honorable pour nous !

ÉMILE.

Pour moi, j'en suis tout transporté de joie.

FÉLIX.

Et moi aussi.

EUGÈNE.

Vos sentiments, chers condisciples, sont ceux de toute l'école. Honneur aux bienfaiteurs de notre enfance! Leur nom, béni de tous, sera transmis à la postérité reconnaissante.

FÉLIX.

Il faut que notre instruction et notre éducation inspirent un grand intérêt à nos généreux protecteurs, pour qu'ils daignent ainsi suspendre leurs importants travaux pour venir encourager les nôtres.

CLÉMENT.

Ah! c'est qu'ils ont compris mieux que nous que l'éducation chrétienne est le principe du bien-être de toute société et le gage de notre bonheur futur.

AUGUSTE.

L'éducation, et la bonne éducation surtout, voilà tout l'avenir des peuples, et c'est ce qu'ont pensé dans tous les temps les hommes éclairés et les sages législateurs.

GUSTAVE.

L'instruction est une seconde naissance, et nous ne devons pas moins d'obligation en quelque sorte à ceux qui nous donnent l'éducation qu'à ceux qui nous ont donné la vie du corps.

AUGUSTE.

L'instruction est un besoin indispensable à l'homme.

On demandait un jour à Aristipe, philosophe et disciple de Socrate, pourquoi il apportait tant de soins à instruire son fils. — C'est, répondit le sage, afin que lorsqu'il sera assis dans les assemblées publiques, on ne dise pas au moins que c'est une pierre sur une pierre.

EUGÈNE.

Nos magistrats, notre respectable clergé, nos parents veulent même quelque chose de mieux que ces sages païens, qui se bornaient à une vaine science. Ils veulent que l'instruction chez nous soit unie à l'éducation, persuadés que l'instruction sans l'éducation ne serait pour l'homme trop souvent qu'un présent funeste.

CLÉMENT.

Il ne faut plus être surpris que dans tous les pays civilisés on attache un si grand prix à l'instruction, en France surtout.

Et parmi toutes les populations, nous pourrions citer notre bonne ville de Périgueux (1).

AUGUSTE.

Voyez que de sacrifices elle s'impose, que d'asiles elle a ouverts à la jeunesse! Ce sont là, mes condisciples, autant de monuments du zèle et de la munificence de nos dignes magistrats pour leurs administrés.

EUGÈNE,

Notre belle patrie est loin d'être en retard sous ce rapport. Savez-vous que la France possède plus de cinquante mille écoles primaires seulement!

GUSTAVE.

Nous le savons; elle est placée sans contredit au premier rang des nations civilisées; et il faut en convenir, c'est à l'éducation basée sur la foi qu'elle doit cette prééminence, cette supériorité qui l'ont mise à même de dicter des lois à toute l'Europe et même à tout l'univers.

(1) On peut supprimer cette réplique, si elle ne peut être appliquée convenablement dans la localité où se fait l'entretien.

EUGÈNE.

Oui, mes amis, ce sont nos lois, nos coutumes, nos mo-
des, nos découvertes qui sont adoptées de préférence par
toutes les nations.

ÉMILE.

Aussi j'ai entendu dire que les Français se sont signalés
dans tous les temps par leur religion, leur valeur et leur
industrie.

EUGÈNE.

Les siècles rediront à l'avenir la gloire de nos soldats dans
leurs brillantes campagnes d'Afrique, et lorsque, marchant
naguère sous la bannière de la foi et de la patrie, ils sont
allés planter glorieusement leurs drapeaux sur les remparts
de Sébastopol.

CLÉMENT.

Vous rendez justice à notre pays; honneur à la France !

ÉMILE.

Moi, je suis tout fier d'être Français, et quand je serai
grand, si je suis appelé à défendre la patrie, vous me ver-
rez, j'espère, au premier rang.

FÉLIX.

Tu ne seras pas seul, va ! A l'occasion, nous donnerons
un bon coup de main nous aussi.

ÉMILE.

Toutes les fois que je passe sur la place du Triangle (1)
et que je contemple le monument élevé à la mémoire d'un
illustre guerrier, une des gloires du Périgord, je me dis à
moi-même : Je veux être aussi un bon soldat.

____

(1) Place où l'on a élevé une statue au maréchal Bugeaud. On
peut au besoin supprimer ce passage.

FÉLIX.

Mais pourquoi ne pas désirer d'être maréchal de France, toi aussi?

EUGÈNE.

Avant de penser à être de bons soldats, mes petits amis, il faut songer à devenir de bons élèves, c'est le moyen de faire honneur à votre pays.

FÉLIX.

C'est bien aussi ce que nous voulons faire pour soutenir quelques jours l'honneur français.

CLÉMENT.

Et qui pourrait disputer aux Français la gloire d'être le peuple le plus vaillant, le plus éclairé et le plus spirituel? La France est comme un temple élevé à la gloire et au génie : c'est là que l'on admire, et l'art porté à sa perfection, et cette intelligence créatrice.

CHARLES.

Tout ce que vous venez de dire, mes amis, sur notre patrie, sur l'instruction et l'éducation, est fort beau, et je ne le conteste point; mais je serais content de savoir sur quoi vous basez la nécessité indispensable de l'instruction, en quoi vous faites consister ses avantages.

AUGUSTE.

Comment, mon ami, est-ce que tu pourrais méconnaître ses résultats si précieux?

CHARLES.

Non, mais je serais enchanté que vous voulussiez bien prouver ce que vous avancez; votre langage me semble un peu exagéré; vous allez bien loin, je crois.

CLÉMENT.

Allons donc! ce serait faire tort à ton intelligence de nous demander de te prouver la nécessité de s'instruire.

AUGUSTE.

Il ne faut qu'ouvrir les yeux pour en être convaincu. Voyez cette terre inculte et stérile qui n'a pas été cultivée, elle ne produit que des herbes sauvages, des ronces et des épines; ainsi en est-il de l'homme.

CLÉMENT.

Il ne faut que considérer ce qu'ont été dans tous les temps les hommes plongés dans l'ignorance.

EUGÈNE.

Et ce que sont encore aujourd'hui ceux qui vivent dans les forêts de l'Amérique, peuples sauvages, presque semblables aux êtres sans raison et sans intelligence, peuples cruels et anthropophages.

ÉMILE.

Je ne voudrais pas ressembler à ces hommes, moi.

FÉLIX.

Ni moi non plus; aussi je suis bien disposé à faire tous mes efforts pour acquérir une bonne éducation.

AUGUSTE.

Et de quoi est capable celui qui n'a aucune instruction, qui ne connaît point sa religion, qui ne sait ni lire, ni écrire, ni compter, qui n'a aucune idée des autres sciences? Il n'est propre à rien.

EUGÈNE.

Il sera trompé mille fois.

CLÉMENT.

Il sera méprisé.

AUGUSTE.

Il ne pourra trouver une position.

GUSTAVE.

Il sera malheureux.

CHARLES.

Eh bien! moi, je connais des hommes qui ignorent toutes ces sciences, et pourtant, comme on dit, qui vont leur chemin et font de bonnes affaires.

AUGUSTE.

Je crois, mon ami, que ces hommes commencent à devenir bien rares en France, même dans les campagnes.

CLÉMENT..

Ce serait nier le jour en plein midi de croire que l'on peut se passer d'instruction. Nous sommes dans le siècle des lumières et des progrès, il faut marcher avec le temps et travailler chacun à nous instruire, selon l'état où la Providence nous a placés ou celui où elle nous destine.

ÉMILE.

Pour moi, je suis disposé à le faire; mon papa me l'a bien recommandé.

AUGUSTE.

Tout le monde, j'aime à le croire, est dans cette disposition, même notre condisciple Charles, quoi qu'il en dise.

CHARLES.

Oui, mes condisciples, si j'ai fait quelque opposition, c'est uniquement pour vous donner lieu de mieux faire ressortir les avantages de l'éducation. J'apprécie comme vous ce bienfait.

AUGUSTE.

Ne pensons donc plus qu'à profiter des leçons qui nous sont données ici avec tant de désintéressement.

FÉLIX.

N'oublions point surtout de remercier les généreux protecteurs de notre jeunesse.

CLÉMENT.

C'est un devoir sacré; c'est sous leurs auspices que nous recevons ce précieux enseignement.

GUSTAVE.

Il convient, surtout aujourd'hui, d'aller leur exprimer notre sincère et vive reconnaissance.

CLÉMENT.

Nous espérons qu'Eugène voudra bien être notre interprète?

EUGÈNE.

Très volontiers; mais je ne saurais remplir dignement vos vues.

GUSTAVE.

Tu n'as rien à craindre, va; ils sont si bons, nos protecteurs!

EUGÈNE.

C'est bien parce que je compte sur leur indulgence que je vais essayer de leur adresser quelques paroles.

(Il va faire le compliment qui est ci-joint.)

GUSTAVE.

Il me semble à propos maintenant, mes camarades, de réunir nos vœux pour bénir ensemble nos bienfaiteurs.

(Ils chantent, ou l'on supprime ces deux dernières lignes.)

PREMIER COMPLIMENT.

MESSIEURS,

Lorsque j'aperçois dans cette enceinte les personnes les plus distinguées de cette ville, qui daignent venir sourire à nos efforts, consacrer nos premiers succès et leur donner par leur présence une sorte d'éclat et de triomphe, un sentiment d'admiration s'empare aussitôt de mon âme : Et qui sommes-nous, me dis-je à moi-même, faibles et timides enfants, pour inspirer à nos généreux bienfaiteurs un intérêt si touchant et une bienveillance si honorable !

Nous ne sommes rien, hélas ! ni pour la religion qui nous fait entendre si souvent sa voix et nous couvre de son égide tutélaire, ni pour la patrie qui nous entoure de ses bienfaits et de sa protection ; mais c'est afin que nous soyons un jour capables de quelque chose, que vous venez aujourd'hui encourager nos jeunes talents et les couronner des palmes de la victoire.

Oui, messieurs, vous nous faites comprendre par là que l'éducation chrétienne est le plus précieux de tous les biens ; que l'enfant, que le jeune homme qui entre dans la société, privé de ce secours et de ce bienfait, est semblable au vaisseau lancé à la mer, sans pilote pour le conduire, sans boussole pour le gouverner ; jouet des vents et des tempêtes, il marche au hasard et ne tarde pas à aller se heurter contre les écueils nombreux qui se rencontrent sur sa route, jusqu'à ce qu'enfin il finisse par sombrer et faire un triste naufrage.

Honneur donc, messieurs ! honneur à votre sage adminis-

1**

tration, à votre sollicitude qui, en nous plaçant dans ces écoles, a su écarter de nous le péril et fixer nos pas dans les sentiers du devoir et de la vertu! Travailler ainsi, messieurs, à étendre, à propager l'instruction, la bonne éducation, c'est rendre le service le plus important à la patrie, c'est accroître la prospérité publique, et jeter les plus solides fondements de la gloire de la France, en lui formant des hommes utiles, de bons citoyens, des ouvriers laborieux; c'est préparer un avenir de paix et de bonheur à cette nombreuse jeunesse qui vous doit son bien-être et qui ne cessera de bénir votre nom.

DIALOGUE

SUR

LES VACANCES

ET LES ENNUIS DE L'ÉCOLE.

PERSONNAGES.

CLÉMENT, élève.	ARMAND, élève.
EDOUARD, idem.	RAYMOND, idem.
Louis, idem.	HENRI, idem.
ROBERT, moraliste.	

CLÉMENT *(se présente sur une estrade avec gaîté, faisant quelques petits sauts).*

Salut, jour de bonheur! jour d'une heureuse ivresse,
Si chère à l'écolier, si chère à la jeunesse!
Te voilà revenu : vive la liberté!
Je vais briser les liens de ma captivité ;
Adieu, devoirs, pensums, pain sec et pénitences,
Adieu, punitions, avis et remontrances.

ÉDOUARD *(arrivant joyeux en sautillant).*

Bravo ! bravo ! mon cher, moi j'en dis tout autant.
Adieu donc, et l'école, et tout le bataclan,
Adieu tous les soucis et toute inquiétude,
Adieu triste séjour, adieu travail, étude,
Vous, ennemis jurés de nos amusements,
Qui ne nous laissez pas un moment de bon temps!

LOUIS *(entre en scène, modéré).*

Oui, libre désormais, nous pourrons sans contrainte,
Nous livrer au plaisir, à tous nos jeux sans crainte.

Oh ! quelle invention que celle de ce temps !
Et comme son auteur connaissait les enfants !
Il savait qu'à notre âge il faut, par indulgence,
Donner peu de travail et beaucoup de vacance.

CLÉMENT *(arrive un peu enthousiasmé).*

Quel mortel bienfaisant ! il a bien mérité
De voir son nom passer à la postérité.
Oui, le peuple écolier, consacrant sa mémoire,
Doit élever partout des autels à sa gloire.

ARMAND *(sur le ton du précédent).*

Il était bien meilleur, lui, que certains régents,
Qui vous privent pour rien de vos amusements.
Quelle ardeur, dites-moi, peut avoir à l'ouvrage
Un élève au pain sec ? ça donne du courage...
Oui !.....

ÉDOUARD.

Ce serait mieux d'abréger nos leçons.
On les saurait..... à bas pain sec, punitions,
Retenue et piquet ! Faut-il qu'un pauvre élève,
Faut-il qu'en ce séjour il n'ait ni paix ni trève !

CLÉMENT.

Plus d'étude du moins pendant un mois entier.
Non, qui pense autrement, n'est pas bon écolier.

RAYMOND.

Ça vous regaillardit, promener la journée,
Dormir le lendemain la grasse matinée,
Sans craindre d'arriver à l'école trop tard,
Sans craindre d'un censeur les arrêts, le regard.

ÉDOUARD.

C'est entendu, c'est la saison des jouissances.
A bas ! à bas l'étude ! et vivent les vacances !

ROBERT *(avec gravité. Il pourrait avoir une badine à la main, des lunettes et prendre le ton d'un professeur).*

Mais, quoi ! contre l'école ! oh ! oh ! quelle sortie !
Enfants, qui vous inspire, est-ce un mauvais génie ?
Vous vouliez... je comprends... un peu vous mutiner,
Et l'on s'est empressé de vous morigéner.
C'est ainsi que toujours, guidés par la sagesse,
Les maîtres, les parents punissent la paresse ;
Mais il faudrait encor vous mener au violon,
Et vous faire à tous cinq danser un rigaudon.
Voilà la retenue et la peine qu'ensemble
L'on doit vous infliger pour donner bon exemple.

CLÉMENT.

Tiens ! vois-tu ce maraud, cet austère Caton ;
Ne vient-il pas ici nous faire la leçon !
Garde, garde pour toi tes morales si graves :
Crois-tu que nous voulions être toujours esclaves ?

ÉDOUARD.

S'imaginerait-il qu'on va se condamner
A pâlir sur un livre ou bien à s'échiner,
Cloué, matin et soir, sur un banc, à l'étude ?
Est-il pour un enfant, est-il tâche plus rude ?

LOUIS.

Ah ! laissons, je vous prie, au studieux Caton,
Tout ce bel attirail de devoir, de leçon.

ARMAND.

Ne parle point surtout de la docte grammaire,
De ce vieux rococo, vrai livre de chimères.
De nos livres vraiment c'est bien le plus maudit :
Combien il m'a causé de peine et de dépit !

1***

LOUIS.

Va ! tous mes goûts pour lui sont très peu sympathiques,
Je n'aimerai jamais ces règles syntaxiques.
Tantôt je suis perdu dans ses élisions,
Tantôt je n'aperçois que contradictions.
Par ici, je ne vois que phrases elliptiques,
Et par là que régime ou compléments logiques ;
Je tombe une autrefois sur tous les collectifs,
Et me trouve empétré dans un tas d'adjectifs.

ÉDOUARD.

Moi je ne vois ailleurs que règles embrouillées,
De mille exceptions toujours accompagnées.
Accord et désaccord, c'est pour moi de l'hébreu,
Véritable chaos, je n'y vois que du bleu.

RAYMOND.

« Bravo, mon cher, bravo, c'est parler en vrai sage ;
        Il faut un grand courage
        Pour s'exprimer ainsi.
Tu hais cette grammaire, oh ! je la hais aussi.
Tu ne dis rien des *insse*, ou des *isse*, ou des *asse*,
Comme que j'*écrivisse* ou que je m'en *allasse* ;
Des *embrassassions* ou bien des *suçassiez*,
Enfin, des *pu... pu... pu...* comme dans *pussiez*. »

ÉDOUARD.

Et ce monstre, dis donc, qu'on nomme participe,
Qui m'a donné déjà plus de cent fois la grippe ;
Tu l'oubliais, je crois ; est-ce que, par hasard,
De tes affections il aurait quelque part ?
C'est mon *croquemitaine*, oh ! puisse, en sa colère,
L'horrible choléra venir nous en défaire.
Je ne suis pas méchant, non, mais de tout mon cœur,
Je voudrais le voir mort... Répétons tous en chœur :
A bas le participe !...

                    (Ils répètent à bas le participe.)

ÉDOUARD *(continue)*.

Ou bien plutôt qu'il vive,
Mais dans tout le discours, bon gré, malgré, qu'il suive,
Pour les divers accords, de l'adjectif les lois,
Et sans s'en affranchir même une seule fois.

ARMAND.

Très bien! oui, que ce drôle
Aille aux enfers s'il veut jouer son triste rôle.

LOUIS.

Disons à ce bouquin un éternel adieu ;
Puissé-je ne jamais le revoir en ce lieu !

RAYMOND *(tenant quelques livres)*.

Très bien!... C'est toi, vraiment, infernale grammaire,
A mes yeux irrités qui t'offres la première.

(La considérant).

M'en as-tu fait souffrir de milliers de douleurs,
M'en as-tu fait verser de ces torrents de pleurs!
Ah! je vais te punir, j'en tressaille d'avance,
Tu ne l'as pas volé, c'est bien juste vengeance!
Mais pourquoi ce dépit? pourquoi ces mots railleurs?
Je te méprise : va te faire pendre ailleurs !
(Il les jette sur une table à son côté).

ROBERT *(avec gravité)*.

Quoi, jeunes insensés! tenir pareil langage
Contre l'art de parler, contre les lois, l'usage !
Contre un livre toujours qui régit les humains,
Et corrige en tous lieux les faux grammairiens.
Oui, dans l'instruction, les arts et la science,
La grammaire toujours aura la préséance.
Gardez-vous d'attaquer ses hauts enseignements,
L'on pourrait vous rogner les oreilles... enfants!..

LOUIS.

Oui, qu'on commence alors par toi-même, compère,
Car je t'en aperçois *(il feint en le regardant d'examiner)*
[une assez belle paire.]

ARMAND.

Et la chronique encor des Francs et des Gaulois,
Les contes fabuleux des peuples d'autrefois :
Chinois, Mèdes, Hébreux que l'histoire nous vante,
Tous ces héros fameux de la race géante !
Devons-nous donc, au prix de nos amusements,
Revenir sur nos pas jusqu'à quatre mille ans !

ÉDOUARD.

Oh! pas le moins du monde, laissons, je vous en prie,
Ces pays inconnus, l'Egypte, la Syrie,
Et l'empire éternel de nos fameux Chinois,
Tous ces peuples : Romains, Grecs et Carthaginois ;
Il faudrait se suer pour mettre dans sa tête
Quelques grotesques noms... je ne suis pas si bête.
En voulez-vous en *ir*, en *ert*, en *is*, en *oths ?*
Marcomir, Clodomir, Visigots, Ostrogoths...
Vit-on jamais plus affreuse musique !

ARMAND *(appuyant sur les mots soulignés)*.

Vous n'êtes pas au bout ! et tous les mots en *ique,*
Salique, Childéric, et puis tous ceux en *ert :*
Caribert, Childebert, Clotaire et *Dagobert.*

ROBERT.

Gardez-vous d'insulter à l'auguste mémoire
Des grands rois que toujours nous vantera l'histoire,
Des pères des humains... de ces princes vaillants...

RAYMOND.

Est-ce les rois fameux qu'on nomme fainéants,
Ou celui que nous peint l'histoire légendaire,

Tout occupé du peuple, et jaloux de lui plaire,
A qui nos intérêts étaient tellement chers,
 Qu'il mettait, par oubli, sa culotte à l'envers?
(Et sans son grand ministre il l'eût ainsi portée,
 Notre bonheur étant son unique pensée.)

ROBERT.

Cessez vos tons railleurs et ces airs de mépris
Sur de grands souverains et sur notre pays;
Vous ne vous attachez qu'à quelques noms burlesques,
Qu'à des rois peu connus, qu'à quelques faits grotesques.
 Vous ne connaissez point nos héros merveilleux,
Nos actions d'éclat, nos combats glorieux;
      Et peut-on voir avec indifférence,
Tous ces rois conquérants, ces gloires de la France,
Clovis, Pépin-le-Bref, Charles, qui le premier
Reçut le nom de Grand, législateur, guerrier,
Qui des Saxons renversa les idoles
Et releva la France, en fondant des écoles;
Et mille autres qu'il est trop long d'énumérer?

HENRI.

Mais qu'il serait vraiment bien honteux d'ignorer;
Nous devons rappeler surtout dans cette foule,
Le bon, très bon Henri, qui voulait que la poule
Fût pour tous ses sujets chaque dimanche au pot.

ÉDOUARD.

Fallait-il que ce roi nous fût ravi sitôt?

ROBERT.

Mais parlons de ces jours où notre belle France
Faillit perdre son nom, sa gloire et sa puissance,
Sans le grand capitaine et ses braves soldats,
Qui sortirent vainqueurs de plus de cent combats.

HENRI.

Oui, l'immortel guerrier que l'univers révère,
Aux lois qu'il lui donna soumit l'Europe entière.
Napoléon premier sauva la France un jour,
Et Napoléon trois l'a sauvée à son tour.

ROBERT.

Or, jeunes écoliers, pourriez-vous sans l'histoire
Connaître ces héros dont les noms et la gloire
Seront bénis, chantés et gravés à jamais
Aux fastes de l'histoire et dans les cœurs français ?

ARMAND.

Je trouve aussi l'histoire ennuyeuse, inutile,
De ce peuple pour qui l'oiseau, le crocodile,
Le bœuf et la carotte, et le chat, et l'oignon,
Etaient dieux, des objets de vénération.

ÉDOUARD.

Et que penser aussi du roi Sardanapale,
Qui, malgré tout un peuple et malgré le scandale,
Affublé d'un jupon et coiffé d'un bonnet,
S'amusait à filer tout comme un grand benêt.

LOUIS.

Et les dieux, demi-dieux et la mythologie,
Ne faut-il pas encor que chacun l'étudie ;
Ne faut-il pas connaître et Chloris et Chlotos,
Et Pluton et Junon, Antiope, Atropos !

ARMAND.

Tranchons le mot, peut-on rien trouver de plus bête,
Que ce dieu Jupiter qui fait fendre sa tête
Pour en faire sortir la déesse Pallas,
Armée de haut en bas ?

ÉDOUARD.

Et que m'importe, à moi, le passé, tous ses faits?
Laissons, laissons les morts reposer tous en paix.
Pourquoi, par des récits, pour ma part, que j'abhorre,
Venir troubler ici ceux qui vivent encore?
Fi! du livre d'histoire; on peut vivre sans toi.

(Il le jette sur la table.)
Allons donc, file vite, ou bien prends garde à moi.

CLÉMENT *(montrant la géographie)*.

Et ce bouquin, amis, c'est la géographie,
L'Afrique, l'Amérique et puis l'Océanie,
Qu'il faut, bon gré, mal gré, mettre dans son cerveau;
J'en suis tout dégoûté, ah! j'en ai plein le dos.
A quoi sert, dites-moi, de connaître l'Afrique,
Climat diabolique,
Peuplé d'hommes camards et de teints bigarrés,
Noirs, jaunes et bronzés, olives, bleus, cuivrés ;
Capables d'effrayer, par leur laideur extrême,
Les hôtes des enfers et Lucifer lui-même ?

RAYMOND.

Et ces mots : *Négritie* et *Monomotapa*,
Barbarie ou *Congo*, *Cafrerie*, *Angola*?
C'est fait pour rendre un enfant pulmonique.

HENRI.

C'est vrai, c'est assommant; il n'est que l'Amérique
Qui soit digne d'attention,
Qui nous donne du sucre avec profusion.

RAYMOND.

Laisse-moi donc tranquille avec ton Amérique ;
Moi, je la hais autant que l'Asie et l'Afrique,
Iroquois, *Algonquins*, *Canada*, *Candabord*,
Puis *Lahore*, *Exquimaux*, *Rio*, *Chandernagord*,
C'est avec ces doux noms qu'on me casse la tête ;
Si je ne l'étais pas, c'est à me rendre bête.

ÉDOUARD.

Ce n'est pas tout ; écoutez un instant :
Indoustan, Kurdistan et Houang et Kiang.
Il faut du courage
Pour lire seulement un semblable ramage.

RAYMOND.

Puis viendra *Kalmouck, Chibouk* et *Fernambouc,*
Et jamais musique pareille
A-t-elle, dites-moi, caressé votre oreille ?
Vous n'êtes pas au bout, et *Nangozakiki,*
Kamschatka et puis *Mississipi,*
Luxembourg, Mecklembourg….

ROBERT.

« Pauvre élève, faut-il te prouver l'avantage
D'une science dont l'usage
Te prouve mieux que moi toute l'utilité ?
Sans elle pourrais-tu, toi, petit entêté,
Comprendre seulement la moitié d'une page
Des trois quarts des récits d'un journal, d'un voyage ? »

RAYMOND.

Mais irons-nous jamais visiter ces peuplades,
Les pieds noirs, les pieds blancs de ces troupes nomades,
Péruviens, Canadiens, Tonkinois et Chinois,
Lapons et Patagons et tous les Iroquois ?
Ah ! de noms si charmants, hélas ! qu'on me délivre !
Qu'on ne me vante plus ces leçons ni ce livre,
Et, s'il ne veut avoir des malédictions,
Qu'il s'en aille au plus vite, ou nous le maudissons !
                    (Il le jette sur la table.)
Va-t'en joindre au plus tôt tes autres camarades ;
Ne te relève pas…. ou bien la bastonnade !

ROBERT.

Eh quoi ! parler ainsi, petits lutins, moutards,
L'on saura vous châtier et punir vos écarts !
Vous méritez tous cinq, pour agir de la sorte,
Vous méritez le f.... ou tout au moins la porte,
Force pensums d'abord, puis être consignés.

CLÉMENT.

Les censeurs comme toi sont toujours réchignés.

HENRI.

Moi, plus que la géographie,
J'aime le dessin linéaire ;
Ainsi que la géométrie,
Ces siences, amis, doivent aussi vous plaire.

LOUIS.

Moi , j'aime le dessin de tête, de paysage ;
De celui-ci j'ai fait quelque petit ouvrage ;
C'est amusant, au moins utile, j'en réponds ;
Mais vos lignes, vos ronds !
Triangle, angle, carré, trapèze et rhomboïdes,
Eptagone, octogone ou bien trapézoïde.
Mon Dieu, à quoi bon,
Abîmer sa mémoire avec un tel jargon !

ROBERT.

Toujours de quelques noms le bizarre assemblage !
Cessez, messieurs, cessez tout votre verbiage ;
On voit que vous n'avez d'autre raisonnement,
Pour critiquer, blâmer un bon enseignement.
Sans le dessin et la géométrie,
Y pourrait-il avoir, dites-moi, je vous prie,
Un seul bon arpenteur, un mécanicien,
Un habile architecte, un seul opticien ?
Ne méprisez jamais, vous sans expérience,
De ces arts précieux l'utile convenance.

ÉDOUARD.

Ah ! trève de morale et de conseils aussi ;
Laissons à d'autres temps les chagrins, le souci ;
Nous faisons nos adieux aux leçons, à l'école ;
Pour trente jours, au moins, chacun de nous s'envole ;
Nous sommes en vacance, il faut en profiter,
Il nous faut ce bon temps pour nous ravigoter.

ROBERT.

C'est ainsi que l'élève et léger et frivole
Préfère un passe-temps et ses jeux à l'école ;
Songez qu'on ne recueille, au déclin de ses ans,
Que ce qu'on a semé les jours de son printemps.
Que vous conserverez, selon ce vieil adage,
Les vices, les vertus de votre premier âge.

ÉDOUARD *(d'un ton touché)*.

Oui, je vois que, séduit par de trompeurs appas,
Je faisais fausse route et j'égarais mes pas ;
Amis, convaincu que l'instruction, la science,
Pour tout homme ici-bas vaut une autre naissance,
A l'étude, au travail, nous voulons, dès ce jour,
Après quelque repos nous livrer sans retour.
Nous avons salué le beau temps des vacances,
Et nous allons goûter ces douces jouissances.
Mais nous reviendrons tous, dans cet asile heureux,
Nous former au vrai bien, nous rendre vertueux.

LE NORMAND ET LE GASCON.

Dialogue ou petite scène.

FERDINAND, gascon. | MAURIN, normand.

LE GASCON *(s'approchant du Normand, qui est déjà sur la scène, assis près d'une table, occupé à lire).*

Bonjour, mon cher Maurin.

LE NORMAND *(se levant).*

Eh! bonjour, Ferdinand.

LE GASCON.

Si je devine bien, je te crois un Normand.

LE NORMAND.

Oui, je suis de ces lieux, d'heureuse souvenance,
Par la grâce de Dieu, celle de ma naissance.

LE GASCON.

Mon cher, sans te fâcher, je le dis en passant,
Je ne t'en ferai pas un fort beau compliment.

LE NORMAND.

Et toi, par ce discours, par toute ta personne,
Je gage que tu sois des bords de la Garonne.

(1) Il est bon de ne faire débiter ce morceau que vers la fin de la séance, pendant la proclamation des prix, par exemple.

LE GASCON.

Tu pourrais te tromper.

LE NORMAND.

Me tromper? oh! non, non.
Tout en toi me le dit, je te crois un Gascon.

LE GASCON.

Eh bien! soit. La Gascogne est ma chère patrie,
Et je l'aime cent fois plus que la Normandie.
On sait que les Gascons, soit dit sans vanité,
Sont un peuple partout dans le monde vanté.
Qui n'a pas admiré les bords de la Garonne?

LE NORMAND.

Oui, c'est de là que sort la nation gasconne.
Mais si vous aviez vu de notre heureux pays
Les sites enchanteurs, tous les riches produits!

LE GASCON.

Nous connaissons assez cette vieille Neustrie,
Pays des chicaneurs, de la chicanerie.
Ah! parlez-moi plutôt des climats aquitains,
Où Pomone répand ses dons à pleines mains.
Combien cette contrée est féconde et riante!
Que sa physionomie est belle et ravissante!

LE NORMAND.

Si parfois plus que nous, aux bords de la Garonne,
Vous avez les faveurs de Flore et de Pomone,
De Cérès en retour nous avons tous les dons :
Les trésors précieux, d'abondantes moissons.

LE GASCON.

Garde ta pomme cuite, elle est ton meilleur fruit,
Et ne nous parle plus de ton riche produit.

Viens admirer plutôt nos fertiles campagnes !
C'est ce qu'on peut nommer vrai pays de cocagne.

LE NORMAND.

Oh ! va ! le nôtre aussi, par sa fécondité,
Vaut bien certainement votre sol si vanté.

LE GASCON.

Je n'ai rien dit encor de nos vins délectables,
Qui font chez tous les grands l'ornement de leurs tables.

LE NORMAND.

Et nos cidres mousseux, et nos poirés si bons !
Qui feraient voir la lune aux plus fameux Gascons !

LE GASCON.

Allons donc ! ta boisson, qu'Hypocrate a proscrite,
Est un vrai purgatif... et qui fait aller vite.....
Vous cultivez encor de forts beaux cornichons,
Je crois.....

LE NORMAND.

On les cultive aussi chez les Gascons,
Et si je le sais bien, c'est leur terre chérie.

LE GASCON.

Leur sol natal, Maurin, est dans la Normandie.

LE NORMAND.

Vantez-nous donc un peu vos landes ; vos landais,
Vos pâtres échassiers, habitants des forêts.
Ils sont beaux !...

LE GASCON.

Très beaux ! Et notre terre féconde,
Par surcroît de produits de bon gibier abonde.

LE NORMAND.

Ah ! mais tu l'oubliais, je sais, chez les Gascons,
Qu'on trouve surtout l'oie et beaucoup de dindons.
Dans quelques lieux encor de ton pays, tu sais,
On voit énormément d'ânes et de mulets.

LE GASCON.

Tu pourrais ajouter que le Calvados, l'Orne,
Donnent bien des chevaux et des bêtes à corne.
C'est pour cette raison sans doute qu'un Normand
Fait, à vous étonner, tant de cuirs en parlant.

LE NORMAND.

Si d'autres font, hélas ! des cuirs, des barbarismes,
Vous faites bien pour tous de fameux gasconismes.

LE GASCON.

J'allons vous écouter, et mon fieu itou
Je compterons vos cuirs.

LE NORMAND.

Les Gascons sont railleurs, critiques, ironiques,
Et leurs moindres discours sont tout hyperboliques.

LE GASCON.

Qu'en penses-tu, Maurin ? Je crois depuis long-temps
La réputation de nos braves Normands...

LE NORMAND.

Et que vous fait-elle ?

LE GASCON.

Elle donne un peu prise.
On a dit maintès fois qu'ils manquent de franchise.

LE NORMAND.

On vous reproche aussi d'être de grands vantards,
D'avoir trop de jactance et d'être trop hablards.

LÈ GASCON.

On sait que les Normands sont de rusés compères.

LE NORMAND.

Les Gascons, à coup sûr, ne sont pas plus sincères.

LE GASCON.

On dit que les Normands sont retors, madrés, faux.

LE NORMAND.

On sait que les Gascons sont de fameux badauds.

LE GASCON.

On reproche aux Normands des choses peu gentilles.

LE NORMAND.

On reproche aux Gascons certaines peccadilles.

LE GASCON.

Les Normands, a-t-on dit, sujets à caution,
Ont les doigts bien crochus : est-ce prévention ?
Ces dires sont-ils vrais ?.....

LE NORMAND.

     Il suffit pour le croire
Que ce soit un Gascon qui raconte l'histoire.

LE GASCON.

On parle des Normands, de leurs ascensions
(L'on désigne par là certaines pendaisons).
Serait-ce en ce pays que l'on pendrait encore ?
Ces bruits sont-ils fondés ? Quant à moi, je l'ignore.

LE NORMAND.

Fables, absurdités !.....

LE GASCON.

     Des incidents fâcheux
Pourraient accréditer ces contes odieux.

Un jour, certain Normand
Faisait cette prière :
Dieu des Normands, daignez m'entendre.
Je ne demande point ni de bien, ni d'argent.
Dites-moi seulement
Où j'en pourrai trouver : je saurai bien le prendre.
Ce Normand était franc.

LE NORMAND.

Halte-là, s'il te plaît!... Quoi ! c'est nous faire injure ?
Crois-tu que nous serons dupes de l'imposture ?
L'on connaît les Gascons et leur célébrité,
Conquise en ne disant jamais la vérité.
L'on connaît des Gascons toutes les hâbleries.

LE GASCON.

L'on connaît des Normands toutes les tromperies.

LE NORMAND.

A l'entendre, un Gascon est l'homme incomparable :
Brave, humain, généreux, il n'a pas son semblable.
Mais le moindre danger rabaisse son caquet...
A l'aspect du combat certain Gascon fuyait.
(C'était un des enfants des bords de la Garonne,
Qu'au moment du péril la valeur abandonne.)
Où donc est le courage? on criait au poltron.
— Dans les jambes, dit-il. Voilà le vrai Gascon.

LE GASCON.

Vous nous connaissez peu; oui, nation guerrière,
La bravoure est chez nous un titre héréditaire.
L'histoire vous dira par mille exploits nouveaux
Que les Gascons sont nés chevaliers et héros.

LE NORMAND.

Chevaliers d'industrie, oui, c'est plus vraisemblable;
Mais chevaliers sans peur me paraît peu croyable.

Or, écoute le fait que je te conterai :
   Pour une action meurtrière,
A Janot le Gascon on mettait la cuirasse.
   — Je vous en prie, en grâce,
   Dit-il, mettez-la par derrière,
   Le cœur me dit que je fuirai.

LE GASCON.

On ne peut soupçonner ce que le Normand pense;
L'art de dissimuler, c'est son fort, sa science.
S'il ne sait bien cacher en tout son sentiment,
Il ne sera, dit-on, jamais un bon Normand.

LE NORMAND.

Le Gascon est futile et léger et frivole.

LE GASCON.

Mais mieux que le Normand il garde sa parole.
Le Normand processif, pour le plus petit gain,
Lèvera, s'il le faut, et le pied et la main.

LE NORMAND.

Vainement vous vantez, enfants de la Garonne,
Vos rares qualités et la valeur gasconne :
Vertus, gloire et talents, il n'est nul bien chez vous
Que, ne vous en déplaise, on ne trouve chez nous.
Nous ne descendons point de ces peuples d'esclaves ;
Nos aïeux, comme nous, étaient libres et braves :
 Souviens-toi de Rollon.

LE GASCON.

    Digne chef des Normands,
Peuples dévastateurs, vraie horde de forbans
Qu'on a vus dans nos mers, nos fleuves, nos rivières,
Promener en tous lieux leurs torches incendiaires,
Glacer les cœurs d'effroi par leur invasion,
Et répandre partout la terreur de leur nom.

Les Français priaient Dieu de sauver leur patrie,
Et de la délivrer de la sauvagerie.
Mais enfin nos Gascons, devenus vos vainqueurs,
Mirent dans l'Aquitaine un terme à vos fureurs.

LE NORMAND.

Nous fîmes la conquête alors de la Neustrie,
Des Normands désormais l'immortelle patrie.
Mais pourquoi m'exhumer en ce langage amer,
Des faits presque aussi vieux que le roi Dagobert?
Crois-tu que des Gascons, si l'on fouillait l'histoire,
On ne trouverait pas de quoi flétrir leur gloire?
Chaque peuple a sa somme et de biens et de maux,
Et nous avons tous deux nos vertus, nos défauts.
Les Normands ne sont plus la nation altière.
S'ils conservent encor de leur humeur guerrière,
Mille ans vous ont prouvé qu'ils seront à jamais
Citoyens vertueux, chrétiens et bons Français.

LE GASCON.

Oui, Normands et Gascons, tous enfants de la France,
Si des siècles passés nous gardons souvenance,
Que ce soit dans le bien, pour suivre nos aïeux,
Et si nous le pouvons, encor pour faire mieux.

LE NORMAND. *(Ils se donnent la main.)*

Soyons frères, amis, et que toute la vie
Notre devise soit : Dieu, parents et patrie.

FIN DE LA SCÈNE.

COMPLIMENT DE CLOTURE.

Messieurs,

Les prix, l'honorable couronne
Qui viennent de ceindre nos fronts,
C'est votre bonté qui les donne
En couronnant ses propres dons.
Ces lauriers si flatteurs, votre noble suffrage,
Dont vous encouragez nos efforts, nos travaux,
Ont comblé notre espoir, doublé notre courage
Pour en mériter de nouveaux.

AUTRE.

Messieurs (1),

Vous qui dans cette enceinte avez daigné venir,
Guidés par la seule indulgence,
Vos applaudissements faisaient notre espérance,
Nous venons de les obtenir.

(1) Ce compliment est extrait d'un ouvrage de M. Jouffret. On a cru devoir y faire seulement quelques légers changements et quelques suppressions.

D'un triomphe si beau notre reconnáissance
Conservera le souvenir,
Et je puis assurer d'avance
Que de notre douce existence
Il embellira l'avenir.
Pourrions-nous, en effet, tous les jours de la vie,
Oublier ce jour glorieux
Où nous eûmes la noble envie
De nous surpasser à vos yeux !.
De même que l'on voit éclore
Aux rayons du soleil la verdure et les fleurs,
Vos suffrages, messieurs,
Laisseront dans nos cœurs
Le désir de mieux faire encore.

Périgueux, imprimerie DUPONT et C. — Juin 58.

www.ingramcontent.com/pod-product-compliance
Ingram Content Group UK Ltd.
Pitfield, Milton Keynes, MK11 3LW, UK
UKHW020043080726
13614UKWH00004B/1907